SⱯLTO

Mit seinen Geschichten aus dem Alltag des Hühnerhofs ist dem großen Ironiker Luigi Malerba
ein riskantes, gelassenes, ziemlich zutreffendes
Bild der Menschen und ihrer Illusionen wie auch
Verschrobenheiten gelungen.

Es geht um »die überfällige Entdeckung der
menschlichen Seele in all ihren hühnerhaften
Aspekten« (Italo Calvino): vom psychoanalyti-
schen Huhn, das die Sublimierung des Eis predigt,
über das fromme Huhn, das Johanna mit Laurentius verwechselt, bis zum postmodernen
Huhn, das gleichzeitig den Stall und sich selbst
erleuchten will.

Luigi Malerba

DIE NACHDENKLICHEN HÜHNER

Ausgabe letzter Hand

Verlag Klaus Wagenbach   Berlin

Aus dem Italienischen von Elke Wehr
und Iris Schnebel-Kaschnitz

Mit Zeichnungen von Lena Ellermann

DIE NACHDENKLICHEN HÜHNER

ALS SIE ERFUHREN, die Erde sei rund wie ein Ball und kreise mit höchster Geschwindigkeit durchs All, begannen die Hühner sich Sorgen zu machen und wurden von heftigem Schwindel ergriffen. Sie torkelten wie betrunken über die Wiesen und konnten sich nur auf den Beinen halten, indem sie einander stützten. Das schlaueste Huhn machte den Vorschlag, sich einen ruhigeren Platz zu suchen, möglichst quadratisch.

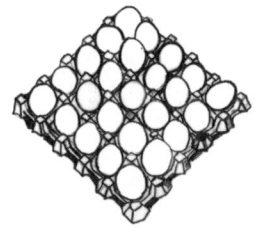

EIN NACHDENKLICHES HUHN setzte sich in einen Winkel des Hühnerstalls und kratzte sich am Kopf. Durch das viele Kratzen wurde es schließlich kahl. Da kam eines Tages ein anderes Huhn und fragte es, was ihm solche Sorgen bereite. »Meine Kahlheit«, antwortete das nachdenkliche Huhn.

EIN UMBRISCHES HUHN war überzeugt, ein etruskisches Profil zu haben. Stets hielt es den Kopf zur Seite gedreht, damit alle sein Profil bewundern konnten. Schließlich wurde sein Hals so steif, daß ihm der Kopf quer stand bis zu jenem Tag, als es in eine Grube fiel und sich ein Bein brach. Nach dem Sturz renkte sich sein Kopf wieder ein, aber seitdem hinkte es.

EIN VAGABUNDENHUHN geriet zufällig in ein großes Menschen- und Pferdegetümmel. Fast wäre es zertrampelt worden, vermochte aber schließlich doch zu entkommen und sich hinter einem Busch zu verstecken. Als es den Vorfall berichtete, sagte man ihm, es habe sich mitten in der Schlacht von Waterloo befunden, in der Napoleon besiegt worden sei. Das Vagabundenhuhn war sehr stolz, Zeuge eines großen geschichtlichen Ereignisses gewesen zu sein.

AN EINEM SONNTAGMORGEN verließen die Hühner den Hof auf der Suche nach Körnern und Würmern. Ein Huhn spazierte bis zum Kaninchenstall und fragte ein Kaninchen, ob auch bei ihnen Sonntag sei. Das Kaninchen bejahte die Frage, und das Huhn ging zurück, um seinen Mithühnern die Nachricht zu überbringen. Der Hahn machte ein nachdenkliches Gesicht und sagte: »Merkwürdig.«

EIN FROMMES HUHN ging jeden Sonntag in die Kirche und schloß sich mit seinem Gegacker dem Kirchenchor an. Darüber beschwerte sich der Pfarrer bei der Bäuerin. Genau das hatte das fromme Huhn aber gewollt, denn es hoffte, auf dem Scheiterhaufen verbrannt zu werden wie die heilige Johanna. Statt dessen endete es auf dem Rost wie der heilige Laurentius.

–7–

EIN HUHN versuchte, seinen Mithühnern den
Pythagoreischen Lehrsatz beizubringen, stieß
dabei jedoch auf große Schwierigkeiten. Eines
Tages nahm es in der Mitte des Hühnerhofs
Aufstellung und erklärte ihn mit anderen Wor-
ten: »Das Huhn über der Hypotenuse eines
rechtwinkligen Dreiecks ist gleich der Summe
der Hühner über den beiden Katheten.« Von da
an war der Pythagoreische Lehrsatz fester Be-
standteil des kulturellen Erbes des Hühnerhofs.

–8–

EIN GEFRÄSSIGES HUHN sah die Sonne, die
sich in einer Pfütze spiegelte, und hielt sie für
eine Pizza. Es blickte um sich, hieb mit dem
Schnabel hinein und rannte Hals über Kopf die
Wiese hinunter, aus Angst, die anderen Hühner
könnten sie ihr wegnehmen. Am Ende der Wiese angekommen, bemerkte es, daß es gar nichts
im Schnabel hatte. Widerwillig ging es den Weg
zurück, fand die Pizza und fraß sie ganz auf.

EIN ETWAS UNSICHERES HUHN wanderte auf der Tenne umher und murmelte vor sich hin: »Wer bin ich? Wer bin ich?« Seine Mithühner waren besorgt, denn sie dachten, es sei verrückt geworden, bis ihm eines Tages ein Huhn antwortete: »Ein Trottel.« Von jenem Tag an hörte das etwas unsichere Huhn auf, irrezureden.

EIN ASTRONOMENHUHN behauptete, sämtliche Galaxien des Universums zusammen seien nichts anderes als Staubwölkchen, die von einem Huhn aufgewirbelt würden, das in einem unendlich viel größeren Universum scharre. »Und was ist dann jenseits der Galaxien?« fragten seine Mithühner. »Wenn ihr genau hinschaut, dann seht ihr, ganz dort hinten, die Krallen des Huhns, das die Staubwölkchen aufgewirbelt hat.«

EIN SCHWÄRMERISCHES HUHN behauptete, es würde von Teodolinda, der Königin der Langobarden, abstammen und verlangte deshalb von seinen Mithühnern, mit Prinzessin angeredet zu werden. Ein rivalisierendes Huhn trat ihm mitten auf der Tenne entgegen und behauptete, es dagegen würde von den Wikingern abstammen und seine Ahnin sei Tovi, Königin der Wenden, Tochter des Fürsten Mistivoj, Gemahlin Haralds von Wendland, Sohn Gorms des Siegreichen. Als es das gehört hatte, versteckte das erste Huhn sich hinter einer Hecke und kehrte drei Tage und drei Nächte nicht in den Hühnerhof zurück.

EIN HUNGRIGES HUHN fand eine Wanze, pickte sie auf, um sie zu fressen, aber erstarrte mit offenem Schnabel vor dem gewaltigen Gestank. Es spuckte die Wanze auf den Boden und sagte: »Stinker!« Dann pickte es sie wieder auf, schloß die Augen und schluckte sie im Stück hinunter.

EIN EITLES HUHN traf im Garten eine Kröte.
Die Kröte begann sich auf- und aufzublasen, um
so groß zu werden wie das Huhn. »Paß auf«,
sagte dieses, »daß es dir nicht wie dem Frosch
ergeht, der so groß werden wollte wie der
Ochse.« »Ich weiß«, sagte die Kröte, »aber hier
handelt es sich nicht um einen Frosch und einen
Ochsen, sondern um eine Kröte und ein Huhn.«
Und die Kröte blies sich weiter auf, und blies
und blies und wurde größer als das Huhn.

EIN ETWAS EXOTISCHES HUHN stellte sich
mitten auf die Tenne, steckte ein Bein unter den
Flügel und balancierte auf dem anderen. So
stand es dort stundenlang, in der Hoffnung,
man möge es für einen Kranich halten. Seine
Mithühner hielten es nicht für einen Kranich.
Die Gänse glaubten, es sei lahm, und betrachteten es voller Mitleid. Der Truthahn umkreiste
es lange und rief schließlich: »Seht euch diesen
blöden Truthahn an! Er tut, als wäre er ein
Huhn!«

Ein schielendes Huhn sah die ganze Welt etwas schief und glaubte daher, sie sei tatsächlich schief. Auch seine Mithühner und den Hahn sah es schief. Es lief immer schräg und stieß oft gegen die Wände. An einem windigen Tag ging es mit seinen Mithühnern am Turm von Pisa vorbei. »Schaut euch das an«, sagten die Hühner, »der Wind hat diesen Turm schiefgeblasen.« Auch das schielende Huhn betrachtete den Turm und fand ihn völlig gerade. Es sagte nichts, dachte aber bei sich, daß die anderen Hühner womöglich schielten.

Ein leichtsinniges Huhn, das sich vom Hühnerhof entfernt hatte, sah sich auf einmal einem Fasan gegenüber. Es verliebte sich wahnsinnig in ihn, aber es wurde eine unglückliche Liebe, weil der Fasan kurzsichtig war und das Huhn für ein Kaninchen gehalten hatte. Es wäre auch dann eine unglückliche Liebe geworden, wenn der Fasan gemerkt hätte, daß er es mit einem Huhn zu tun hatte.

EIN PYROMANISCHES HUHN spazierte mit einem Streichholz im Schnabel umher. »Ich könnte alles verbrennen«, sagte es, »aber ich verbrenne nichts, weil ich ein zivilisiertes Huhn bin.« Von den anderen Hühnern in die Enge getrieben, gestand es schließlich, daß es deshalb kein Feuer lege, weil es nicht imstande sei, das Streichholz anzuzünden.

EINE GANS erschien im Morgengrauen an der Tür des Hühnerhofs und erklärte, das berühmte Ei des Kolumbus sei kein Hühnerei gewesen, sondern ein Gänseei. Dann rannte sie davon, verfolgt von sämtlichen Hühnern des Hofs. Wäre sie nicht in den Teich gesprungen und davongeschwommen, dann hätte sie ein schlimmes Ende genommen.

EIN ÄUSSERST SENSITIVES HUHN bekam jedes Mal eine Gänsehaut, wenn der Hahn an ihm vorbeiging. Als die anderen Hühner davon erfuhren, machten sie ihm Vorwürfe und drohten, es vom Hühnerhof zu jagen. Als die Gänse davon erfuhren, forderten sie es auf, sich ihrer Herde anzuschließen. Das Huhn zog es aber vor, bei seinen Mithühnern zu bleiben, und wenn es fühlte, daß es eine Gänsehaut bekam, tat es, als ob nichts sei, in der Hoffnung, man werde es nicht merken.

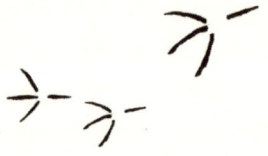

EIN MYTHOMANISCHES HUHN glaubte, es sei ein Auto. Seine Mithühner ließen es in dem Glauben, unter der Bedingung, daß es den Motor nicht im Hühnerstall anlasse, solange sie schliefen.

−21−

ALLE HÜHNER DES HOFS versammelten sich und beschlossen, ihr Feiertag solle nicht mehr der Sonntag sein, sondern der Freitag, weil am Freitag kein Fleisch gegessen werde. »Aber Eier!« fuhr das ewige Spielverderberhuhn dazwischen.

−22−

EIN MODEBEWUSSTES HUHN hatte die Gewohnheit angenommen, sich mit Truthahn-, Perlhuhn- und sogar Pfauenfedern zu schmükken, die es hier und dort zusammenlas. Es hielt sich für sehr elegant und behauptete, es sei ein Jugendstilhuhn. Die anderen Hühner wußten nicht so recht, was sie von seinen Extravaganzen halten sollten, und so beschlossen sie, mit ihrem Urteil zu warten, bis sie in der Lage sein würden, sich eine genaue Meinung über ihr Mithuhn zu bilden.

−23−

EIN SPORTLICHES HUHN wollte gerne Dreiradfahren lernen. Es verzichtete jedoch auf das Vorhaben, als es seine Füße zählte und dabei nur auf zwei kam.

EIN VERRÜCKTES HUHN glaubte, es sei Johanna von Orleans, und seine Mithühner sagten: »Schon gut, schon gut.« Nach einer gewissen Zeit hatte das Huhn es satt, Johanna von Orleans zu sein, und beschloß, Napoleon zu sein. »Das geht nicht«, sagten seine Mithühner, »denn Napoleon war ein Mann.« Das verrückte Huhn antwortete, es könne sich einbilden, zu sein wer immer es wolle, denn schließlich sei es ja verrückt. »Wenn ich will«, sagte es, »kann ich mir sogar einbilden, Napoleons Bronzedenkmal zu sein.« Die anderen Hühner mußten ihm recht geben, und so verbrachte das verrückte Huhn ganze Tage reglos mitten auf der Tenne, als sei es Napoleons Bronzedenkmal.

EIN AUFGEBLASENER HAHN hatte sich in den
Kopf gesetzt, daß ihm der Titel des Königs der
Tiere gebühre. Als man ihm sagte, daß Könige
nicht mehr Mode und jetzt Republiken in
Gebrauch seien, lief der aufgeblasene Hahn
kreuz und quer durch die Wiesen, in der Hoff-
nung, einen Löwen zu treffen, auf den er einen
Maulfurz loslassen könnte. Er traf jedoch keinen
Löwen, und der Maulfurz blieb ihm im Halse
stecken.

EIN ANALPHABETISCHES HUHN wollte un-
bedingt lernen, seinen Namen zu schreiben. Als
es schließlich ein Huhn gefunden hatte, das
Lesen und Schreiben konnte und bereit war, es
zu unterrichten, schlug es sich mit der Kralle an
die Stirn und rief: »Aber ich weiß ja gar nicht,
wie ich heiße!«

–27–

EIN SCHÜCHTERNES HUHN gackerte eines
Tages auf einer Wiese in der Nähe eines Tuff-
steinbruchs. Das Echo antwortete ihm. Das
Huhn gackerte erneut, und wieder antwortete
das Echo. Das Huhn glaubte, eine Freundin
gefunden zu haben, die ebenso schüchtern war
und ihm antwortete, sich aber nicht zeigen
wollte. So ging es jeden Tag auf die Wiese, um
mit seiner schüchternen Freundin ein Schwätz-
chen zu halten.

–28–

EIN ÜBERSPANNTES HUHN bekannte sich vor
sehr langer Zeit öffentlich zur nestorianischen
Häresie oder verbreitete vielmehr das Gerücht,
es hinge dem Nestorianismus an, ohne die
geringste Ahnung zu haben, was das bedeutete.
Es wollte nur die Aufmerksamkeit auf sich
lenken. Das gelang ihm. In der Tat wurde es ergriffen, erdrosselt, gerupft und in Stücke geteilt.

EIN UNGEBILDETES HUHN hatte vom Latein gehört und glaubte, das sei etwas zum Essen, ein neues Futter. Es erzählte seinen Mithühnern davon, die eine gewisse Skepsis an den Tag legten. Ein Huhn, das sich für schlauer als die anderen hielt, sagte: »Idioten, das Latein ist kein Futter, sondern ein Haustier.« Und fügte mit gelehrter Miene hinzu: »ähnlich wie das Schwein, nur bösartiger.«

EIN HAHN mit ziemlich wirren Vorstellungen hoffte, es werde ihm über kurz oder lang gelingen, Eier zu legen. Er setzte sich in einen Winkel des Hühnerstalls und verharrte dort stundenlang, doch trotz aller Anstrengungen gelang es ihm nicht, auch nur ein einziges Ei zu legen. Er konnte einfach nicht begreifen, weshalb die Hühner, die seiner Meinung nach die dümmsten Tiere der Welt waren, Eier legen konnten und er nicht.

Seit der Mensch sich angewöhnt hatte, Kleie zu essen, weil er entdeckt hatte, daß sie gut für die Gesundheit ist, warteten die Hühner des Hofs darauf, daß der Mensch ihnen Hefezöpfe und Hörnchen bringe.

»Um Philosoph zu werden«, sagte ein altes Huhn, das sich sehr weise dünkte, »ist es nicht nötig, an etwas zu denken, es genügt auch, an nichts zu denken.« Es setzte sich in einen Winkel des Hühnerstalls und dachte an nichts. So und nicht anders sei es ein philosophisches Huhn geworden, erklärte es.

EIN HUHN geriet aus Versehen mit einem Fuß in die Mausefalle. Die Maus fiel in das Rinnsal der Dunggrube und wäre beinahe ertrunken. Das Schwein verschluckte eine Hühnerfeder und hustete bis zum Sonnenuntergang. Der Ochse brach sich ein Horn am Pfeiler des Vordachs. Die Katze versengte sich die Barthaare am Kaminfeuer. Der Hund drang in den Hühnerstall ein und fraß alle Eier auf. Gegen Abend regnete es so stark, daß der Hühnerstall überschwemmt wurde. Was für ein Tag!

EIN ZIMPERLICHES HUHN ekelte sich vor Würmern. Es ging auf die Suche nach Leinsamen, die es gerne fraß, und nach Kalksteinkrümeln für die Schale der Eier. Wenn es einen Wurm fand, machte es mit seinem Schnabel einen Knoten hinein und ließ ihn dann verknotet liegen. In die längeren Würmer machte es zwei Knoten.

EIN SCHWEIZER HUHN wollte Schokoladeneier legen. Es versuchte, viele Pralinen zu fressen, und nach einigen Monaten, während der Osterfeiertage, gelang es ihm, Eier mit bräunlicher Schale zu legen, das war alles. Es war so enttäuscht, daß es den Entschluß faßte, auf die Schweizer Staatsbürgerschaft zu verzichten.

EIN HUHN, das sich zum Buddhismus bekehrt hatte, erklärte, es suche die Leere, die Abwesenheit der Dinge. Wenn es ihm zu begreifen gelänge, daß ein Fuchs kein Fuchs mehr oder ein Kaninchen kein Kaninchen mehr sei, dann, so behauptete es, werde es den Zustand der Erleuchtung erreicht haben. Bevor es den Zustand der Erleuchtung erreichen konnte, kam eines Tages, während es am Waldrand meditierte, der Fuchs und fraß es auf. Ein Huhn sah die verstreuten Federn, erkannte sie und sagte: »Dieses Huhn ist kein Huhn mehr.«

EIN HUHN, das nach China reisen wollte, hatte gehört, es müsse, um in dieses ferne Land zu gelangen, die Himmelsrichtungen finden und dann nach Osten gehen. Das Huhn lief durch Wiesen und Wälder auf der Suche nach dem Osten, konnte ihn aber nicht finden. Es suchte hinter den Hecken, in den Gräben, an den Straßenrändern, auf den Böschungen – vom Osten nicht die geringste Spur, und so mußte es auf seine Reise nach China verzichten.

EIN GRÖSSENWAHNSINNIGES HUHN hatte den Entschluß gefaßt, eine Abhandlung zu schreiben. »Worüber?« fragten seine Mithühner. »Über alles«, antwortete das größenwahnsinnige Huhn. Seine Mithühner zeigten sich skeptisch und gaben ihm zu bedenken, alles sei vielleicht doch ein bißchen zu viel. Das größenwahnsinnige Huhn korrigierte daraufhin sein Vorhaben und sagte, es würde eine Abhandlung über fast alles schreiben.

-39-

EIN SPIRITUALISTISCHES HUHN hatte gehört, daß man mit zweitausend tiefen Atemzügen Visionen haben und den Zustand der Ekstase erreichen könne. Es setzte sich in den Schatten eines Holunderbusches und begann zu atmen. Als es bei tausendneunhundert Atemzügen war, hatte es endlich eine Vision: eine Frau mit einem geblümten Kleid näherte sich ihm, packte es am Hals und drückte ihn heftig zusammen. So kam es, daß jenes Huhn im Kochtopf endete, im Glauben, den Zustand der Ekstase erreicht zu haben.

-40-

ES WAR EIN MAGERES JAHR, und die Hühner hatten nie genug zu fressen. Eine Handvoll Hirse und Mais mußte für den ganzen Hühnerhof reichen. Am Tage gingen die Hühner auf die Jagd nach Würmern und verschluckten kleine Steinchen für die Eierschalen. Ein Huhn, das sich besonders schlau dünkte, suchte sich altes Zeitungspapier zusammen, und ohne seinen Mithühnern etwas zu sagen, pickte es sämtliche »o« heraus und fraß sie, als wären es Hirsekörner.

Ein hochmütiges Huhn stand von Angesicht zu Angesicht einer Kröte gegenüber, fing an zu lachen und verspottete sie, weil sie weder einen Schnabel noch Flügel habe. Da sagte die Kröte, sie habe etwas, was Hühner nicht hätten, nämliche Spucke. Sie spuckte dem hochmütigen Huhn ins Auge und hüpfte davon, ohne sich auch nur einmal umzudrehen.

Ein Zen-Huhn ging bei seinen Mithühnern herum und fragte sie: »Wie ist das Leben im Ei?« Die Hühner gaben die unterschiedlichsten Antworten, aber das Zen-Huhn war nie zufrieden. In Wirklichkeit suchte es jedoch gar keine Antwort, sondern versuchte, die anderen Hühner zu erwecken. Als diese das merkten, verabredeten sie sich untereinander und antworteten jedes Mal: »Leben und leben lassen.« Das Zen-Huhn fuhr fort, wie zuvor seine Fragen zu stellen.

EIN GELBER SCHMETTERLING belästigte ein Huhn, umgaukelte es, wenn es aus dem Hühnerstall kam und setzte sich ihm auf den Kamm. Das Huhn hielt das nicht mehr aus und tat nachts vor Wut kein Auge zu. Eines Morgens machte es sich auf den Weg und erklärte, es ginge jetzt zur Polizei, um den gelben Schmetterling anzuzeigen. Da sagte eines seiner Mithühner, der Schmetterling habe es nur deshalb umflattert, weil er es für eine Blume gehalten habe. Das Huhn machte kehrt und beklagte sich seit jenem Tag nie wieder, wenn der gelbe Schmetterling es umgaukelte.

EINE VIPER näherte sich einem Huhn, das hinter der Hecke scharrte, und versuchte, es in den Fuß zu beißen. Die Haut war jedoch so zäh und so vertrocknet, daß die Viper nicht hindurchkam. Das Huhn warf ihr einen schrägen Blick zu, und die Viper erklärte verlegen, sie habe nur einen kleinen Scherz machen wollen. Das Huhn fragte sie: »Kennst du die Fabel vom Fuchs und den Trauben?« Die Viper verneinte die Frage. »Nicht genug, daß du bösartig bist, du bist auch noch ungebildet«, sagte das Huhn und versetzte ihr einen Schnabelhieb, der ihr den Kopf verstauchte. Unter lauten Schmerzensrufen machte sich die Viper davon.

EIN DEKADENTES HUHN wartete eines Abends mit der Heimkehr in den Hühnerhof, um sich den Sonnenuntergang anzuschauen, und erzählte dann seinen Mithühnern davon. Bei dieser Gelegenheit sprach das dekadente Huhn einen Satz aus, der berühmt wurde: »Schön ist der Sonnenuntergang!«

Ein junges und unerfahrenes Huhn hatte sich in ein Kaninchen verliebt. Es sagte aber niemandem etwas davon, nicht einmal seinen liebsten Mithühnern, denn es schämte sich. Jeden Tag ging es am Kaninchenstall vorbei und warf dem geliebten Kaninchen einen Blick von der Seite zu. Es wurde eine unerwiderte Liebe und niemals eine erzählenswerte Geschichte.

Ein Huhn, das immer alles über den Daumen peilte, sprach ständig vom Universum, das Universum war sein Lieblingsthema. Die anderen Hühner kamen oft mit Fragen zu ihm. »Wie groß ist es!« Das Huhn, das immer alles über den Daumen peilte, antwortete: »Es ist fast unendlich.« Wenn es gefragt wurde, wie alt das Universum sei, antwortete es: »Es ist fast ewig.«

ALLE HÜHNER DES HOFS versammelten sich, um darüber zu entscheiden, was man in der Freizeit tun solle. Viele machten Vorschläge, die jedoch nicht für interessant erachtet wurden. Am Ende schlug ein gedankenloses Huhn vor, das Gänsespiel zu spielen, aber seine Mithühner protestierten mit lautem Gegacker, denn von den Gänsen wollten sie noch nicht einmal den Namen hören.

EIN HUHN WIE ALLE ANDEREN wagte sich auf der Suche nach Futter bis auf die Landstraße. Statt des Futters fand es ein Geldstück, und da es keinerlei Erfahrung mit Geld hatte, dachte es, es würde reich werden, wenn es das Geldstück hinunterschluckte. Trotz aller Anstrengungen gelang es ihm aber nicht, es durch den Hals zu bringen, so daß es sich damit abfinden mußte, arm zu bleiben.

EIN GELEHRTES HUHN wollte seinen Mithühnern das Zählen und Addieren beibringen. Es schrieb die Zahlen 1 bis 9 auf eine Wand des Hühnerstalls und erklärte, wenn man sie zusammentue, könne man noch größere Zahlen bekommen. Um den anderen das Addieren beizubringen, schrieb es auf eine andere Wand: 1+1=11; 2+2=22; 3+3=33 und so weiter bis 9+9=99. Die Hühner lernten die Additionen und fanden sie sehr zweckmäßig.

EIN RENNHUHN nahm die Kurven immer mit zu hoher Geschwindigkeit. Eines Tages überschlug es sich, aber es kam ohne Schaden davon. An einem andern Tag landete es im Straßengraben und verbeulte sich die ganze Karosserie. Seinen Mithühnern, die nach dem Unfall herbeigelaufen kamen, sagte es: »Es ist noch mal gutgegangen, ich bin ja nicht in Brand geraten.«

EIN ETWAS AFFIGES HUHN schnupperte immer an den Blumen auf der Wiese, es lief von einer Blume zur andern, wie es das bei den Schmetterlingen gesehen hatte. Durch das viele Schnuppern bekam es starke Kopfschmerzen und mußte auf den Misthaufen steigen, um wieder einen klaren Kopf zu bekommen.

EIN PHILOSOPHENHUHN betrachtete einen Stein und sagte: »Wer sagt mir, daß das ein Stein ist?« Dann betrachtete es einen Baum und sagte: »Wer sagt mir, daß das ein Baum ist?« »Ich sage es dir«, antwortete ein x-beliebiges Huhn. Das Philosophenhuhn betrachtete es mitleidig und fragte: »Wer bist du, daß du dir anmaßt, eine Antwort auf meine Fragen zu geben?« Das x-beliebige Huhn schaute es bekümmert an und antwortete: »Ich bin ein Huhn.« Und das andere: »Wer sagt mir, daß du ein Huhn bist?« Nach kurzer Zeit war das Philosophenhuhn sehr einsam.

DIE GÄNSE taten sich vor den Hühnern groß, weil ihre Vorfahren durch ihren Alarm auf dem Kapitol Rom gerettet hatten, als die gallischen Hähne versuchten, in die Stadt einzudringen. Ein Huhn entgegnete, wenn es anstelle der Gänse Hühner gewesen wären, die hätten die Hähne vielleicht hereingelassen, und das eroberte Rom wäre ein großer Hühnerhof geworden.

AUF EINER VERSAMMLUNG hinter verschlossenen Türen hatten die Hühner den Entschluß gefaßt, *Gargantua* und *Pantagruel* von Rabelais auf den Index zu setzen, weil darin behauptet wurde, der beste Arschwisch der Welt sei ein lebendiges Küken. Ein literarisch gebildetes Huhn meldete sich zu Wort und sagte, Gargantua wische sich den Hintern mit einem kleinen flaumigen Gänserich ab und nicht mit einem Hühnerküken, so daß man das Buch nicht auf den Index zu setzen brauche.

−56−

EIN ZWECKS AUFKLÄRUNG vorgeschicktes
Huhn kam zurückgerannt, um seinen Mithühnern zu melden, es sei nicht möglich, aufs
Feld zu gehen und Körner zu picken. Denn
außer der Vogelscheuche, also einem Anzug mit
zwei Stöcken drin und etwas Stroh, gebe es da
auch eine Hühnerscheuche, nämlich einen Anzug mit etwas drin, was hin und her laufe,
Schreie ausstoße und mit Steinen werfe.

−57−

EIN RÖMISCHES HUHN ging unter dem Kon-
stantinsbogen hindurch, aber es empfand keinerlei besondere Gemütsbewegung dabei. Es
ging ein zweites Mal hindurch, und wieder war
es enttäuscht. Es fragte sich, warum Konstantin
diesen Bogen wohl hatte bauen lassen, um dann
drunter durchzugehen.

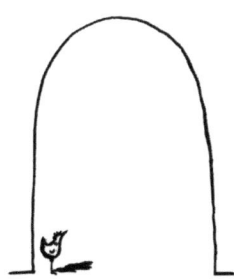

EIN ARCHÄOLOGENHUHN besichtigte die Pyramiden. Es lief um sie herum, kletterte die schrägen Wände hinauf und kehrte dann in den Hühnerhof zurück. »Wie sind die Pyramiden?« fragten seine Mithühner. »Sehr steinig«, antwortete das Archäologenhuhn.

EIN GEFRÄSSIGES HUHN hatte den Boden eines Glases gefunden und glaubte, dieser vergrößere sein Futter. Wenn es das Glas auf einen Leinsamen legte, wurde dieser so groß wie ein Maiskorn. Und wenn es das Glas auf ein Maiskorn legte, wurde dieses so groß wie ein Bohne. Das gefräßige Huhn wollte die Körner fressen, nachdem es sie vergrößert hatte, aber jedes Mal stieß es mit dem Schnabel gegen den Glasboden. Wenn es das Glas wegnahm, wurde das Korn wieder klein. Durch die vielen Hiebe gegen den Glasboden brach das gefräßige Huhn sich schließlich den Schnabel.

Bᴇɪ ᴊᴇᴅᴇᴍ ʙᴇʟɪᴇʙɪɢᴇɴ Eʀᴇɪɢɴɪs im Hühnerhof rief ein fatalistisches Huhn aus: »So ist es!« Seine Mithühner gaben ihm zu bedenken, daß es auf diese Weise einer völligen Beliebigkeit das Wort rede, und so ging das fatalistische Huhn dazu über, bei jeder Gelegenheit auszurufen: »So sei es!«

Wᴀ̈ʜʀᴇɴᴅ ᴅᴇʀ Osᴛᴇʀғᴇʀɪᴇɴ streikten sämtliche Hühner des Hofs, um gegen die unlautere Konkurrenz der Zucker- und Schokoladeneier zu protestieren, die überall in den Geschäften verkauft wurden. Nach langen Diskussionen beschlossen sie, daß alle Eier, die den Hühnerhof verließen, eine Garantiemarke tragen sollten mit der Aufschrift: »Garantiert echte Eier, hundert Prozent Huhn.«

EIN ZERSTREUTES KANINCHEN verirrte sich eines Tages in den Hühnerhof. So etwas war noch nie vorgekommen, und die Hühner konnten es gar nicht fassen. »Na so was«, sagten sie im Chor, »schaut euch dieses dumme Stück an, das tut, als sei es ein Kaninchen!«

EIN FRÖHLICHES HUHN hatte sich angewöhnt, zu jeder Tageszeit zu gackern, ob es nun ein Ei gelegt hatte oder nicht. Dann kam die Bäuerin in den Hühnerstall, fand kein Ei und ging verärgert davon. »Warum gackerst du?« fragten seine Mithühner. »Ich gackere, weil ich glücklich bin«, antwortete das fröhliche Huhn. Seine Mithühner konnten das nicht verstehen, sie dachten, es sei verrückt geworden. Das Huhn versuchte zu erklären, daß es nicht verrückt, sondern nur glücklich sei, und sagte: »Was ist denn dabei, glücklich zu sein?«

EIN HUHN AUS BERGAMO war verrückt geworden, und man hatte es ins Irrenhaus gesperrt.
Der Hahn telefonierte ab und zu mit ihm, um
sich nach seinem Befinden zu erkundigen, aber
es antwortete jedes Mal: »Hör mal, hier gibt's
kein Telefon!« Der Hahn berichtete den Hühnern,
ihr Mithuhn sei noch nicht geheilt und müsse
vorläufig im Irrenhaus bleiben.

EIN HUHN MIT PSYCHOANALYSEFIMMEL
setzte sich auf ein Gestänge in der Mitte des
Hühnerstalls und verkündete lauthals, damit
alle seine Mithühner es hörten: Die Mutterschaft
ist die Sublimierung des Eis.« Daraufhin verließen die Hühner schweigend den Hühnerstall
und gingen auf der Tenne herum, um über die
Worte ihres Mithuhns nachzudenken. Schließlich kehrte ein Huhn in den Hühnerstall zurück
und sagte zu dem Huhn mit dem Psychoanalysefimmel: »Das Ei ist die Sublimierung der Mutterschaft.«

EIN GEFRÄSSIGES HUHN fraß zu viele Steinchen, und diese lagen ihm schwer im Magen. In
der Nacht träumte es, es sei ein Huhn. Der
Traum verwirrte es derart, daß es am nächsten
Morgen den Weg zum Wald einschlug und
seither nie wieder gesehen ward.

EIN GEOMETRIEBEGEISTERTES HUHN suchte
auf den Wiesen nach Dreiecken, Trapezen, Qua-
draten, Rechtecken, Fünfecken, geraden und
krummen Linien, Kreisen, Ellipsen und anderen
geometrischen Formen. Es war sehr enttäuscht,
denn es fand keine einzige, und so machte es
sich wieder auf die Suche nach Würmern,
Weizenkörnern, Leinsamen, Gerstenkörnern,
Wickensamen und Platterbsen.

-68-

Ein literarisch interessiertes Huhn verkündete triumphierend, es habe in einer Literaturgeschichte einen Schriftsteller namens Hyazinth Huhn entdeckt. Da meldete sich der Hahn zu Wort und sagte, sie sollten sich bloß nichts einbilden wegen so einer Lappalie.

-69-

Alle Hühner des Hofs versammelten sich, um über die Bedeutung des Sprichworts »Ein blindes Huhn findet auch einmal ein Korn« zu diskutieren. Trotz langer Diskussionen kamen sie zu keinerlei Schluß. Am Ende behauptete ein Huhn, es handle sich um einen Druckfehler und das Sprichwort müsse richtig lauten: »Ein blondes Huhn findet auch einmal ein Korn.«

Ein enzyklopädisches Huhn hatte mehr als tausend Wörter auswendig gelernt. Da hielt es sich für gelehrt, und wenn es mit seinen Mithühnern zusammen war, sagte es ab und zu »Rhombus« oder »Krater« oder »Brennessel«. Wenn es gefragt wurde, was diese Wörter bedeuteten, antwortete es, daß die Welt aus Wörtern gemacht sei und daß es ohne Wörter nicht einmal die Welt gäbe, Hühner eingeschlossen.

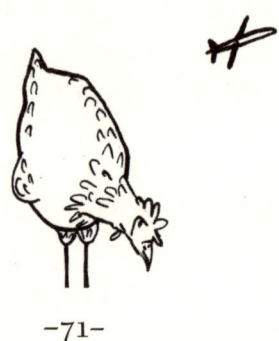

Ein duckmäuserisches Huhn pickte in aller Ruhe auf der Tenne herum. Da donnerte ein Düsenflugzeug über den Himmel und hinterließ einen langen weißen Streifen. Das Huhn hob kaum den Blick, murmelte: »Was denkt der eigentlich, wer er ist«, und fuhr fort, auf der Tenne herumzupicken.

EIN ERFINDERISCHES HUHN hatte, vor sehr langer Zeit, das Rad erfunden. Es zeigte es seinen Mithühnern, aber die lachten es aus und sagten, so etwas sei zu nichts nütze. So kam es, daß die Zivilisation der Hühner gegenüber jener der Menschen in Rückstand geriet. Diese gewannen die Oberhand und versperrten den Hühnern den Weg auf der Straße des Fortschritts.

EIN HUHN hielt ein Stück Käse im Schnabel. Da kam eine Katze und sagte: »Wie schön deine Federn sind und deine Beine. Könntest du singen, du wärest der Erste unter den Vögeln. Warum läßt du mich nicht deine Stimme hören?« Das Huhn, das die Fabel vom Fuchs und dem Raben kannte, antwortete: »Den Teufel werd' ich tun!« So fiel der Käse zu Boden, die Katze schnappte ihn und machte sich davon.

EIN HUHN, das zu Visionen neigte, verkündete
äußerst erregt, es habe ein UFO gesehen. Seine
Mithühner nahmen die Nachricht skeptisch auf
und meinten, es habe sich dabei wahrscheinlich
um eine optische Täuschung oder eine Hallu-
zination gehandelt. Da rief das Huhn gekränkt:
»In Wirklichkeit habe ich nicht ein UFO gesehen,
sondern zwei!« Und dann halblaut, während es
sich entfernte: »Im Fernsehen.«

EIN SAMMELWÜTIGES HUHN hatte eine
Sammlung bunter Steinchen angelegt. Es hielt
sie in einem Loch versteckt, und ab und zu ging
es hin, um sie anzuschauen. Es hütete seine
Steinchen so eifersüchtig, daß es sich Sorgen
darum machte, was nach seinem Tod aus ihnen
werden würde, denn es hatte keine Erben. So
faßte es den Entschluß, sie einen nach dem anderen aufzufressen. Als es sie alle aufgefressen
hatte, starb es an gestörter Verdauung.

EINES MORGENS herrschte große Verwirrung im Hühnerhof. Alle Hühner hatten sich um ein Nest versammelt, in dem ein goldenes Ei glänzte. Daneben stand, kerzengerade, das Huhn mit den goldenen Eiern und genoß schweigend den Triumph. Aber dann entfernte ein Huhn mit dem Schnabel das Stanniolpapier und deckte den Betrug auf. »Ich wollte nur einen Scherz machen«, sagte das betrügerische Huhn und verschwand rasch nach draußen, um frische Luft zu schnappen.

EIN HUHN hatte gehört, daß zum Schreiben eine Gänsefeder erforderlich sei. Es ging zu einer Gans und fragte sie, ob es ihr eine Feder ausreißen dürfe, denn die bräuchte es zum Schreiben. Die Gans erwiderte, sie sei einverstanden, unter der Bedingung, daß das Huhn sich eine Kralle ausreißen lasse, denn die bräuchte sie zum Lausen. Im Nu war das Huhn wieder im Hühnerhof.

Eᴉɴ Hᴜʜɴ, das gelernt hatte, bis vier zu zählen, verlangte, daß seine Mithühner es mit Professor anredeten und wollte den Hahn verjagen, um seine Stelle einzunehmen. Da rissen die anderen Hühner ihm alle Federn aus und sagten, sie hätten es nur dann mit Professor angeredet, wenn es imstande gewesen wäre, alle Federn zu zählen, die sie ihm ausgerissen hatten.

Eᴉɴ ʜᴜɴɢʀɪɢᴇꜱ Hᴜʜɴ traf auf der Wiese eine große Natter. Auch die Natter war hungrig. Die beiden schauten sich an, dann begann das Huhn, nach der Natter zu hacken, um sie aufzufressen. Diese sperrte das Maul auf und versuchte, den Kopf des Huhns zu verschlingen. Beide starben durch Ersticken.

ALS DER HAHN einen Schnupfen hatte, wetteiferten sämtliche Hühner des Hofs um seine Pflege. Einige fanden einen solchen Gefallen daran, daß sie ihm, kaum war er geheilt, ein Bein stellten und ihn ins Wasser plumpsen ließen, damit er sich von neuem einen Schnupfen hole. Statt dessen holte er sich eine Lungenentzündung und verschied.

EIN UNVORSICHTIGES HUHN blieb mit einem Fuß in der Mausefalle hängen und konnte sich nicht mehr befreien. Auf einmal hörte es eine Katze miauen. So groß war seine Angst, für eine Maus gehalten zu werden, daß es ihm gelang, seinen Fuß mit einem Ruck zu befreien und sich in Sicherheit zu bringen.

EIN RUHELOSES HUHN hatte im Fernsehen *Madame Bovary* gesehen und war sehr unglücklich darüber, in einem kleinen Provinzhühnerhof zu leben. Es träumte davon, in der Hauptstadt zu leben und, von allen gesehen, auf den Bürgersteig der überfüllten Straßen hin- und herzuspazieren. Es wollte bewundert werden, es träumte von Luxus und von den Lichtern der großen Geschäfte. Eines Tages wurde es gemeinsam mit anderen Hühnern auf einen Lieferwagen geladen. Die anderen waren verzweifelt, es hingegen war glücklich, weil es gesehen hatte, daß der Lieferwagen das Nummernschild der Hauptstadt hatte. Am nächsten Tag hing es, gerupft und mit dem Kopf nach unten, in einem großen Geschäft im Zentrum.

EIN HUHN unternahm halsbrecherische Wettrennen, weil es die Schallmauer durchbrechen wollte. Eines Tages brach es sich die Knochen an der Mauer des Hühnerstalls, und so endeten seine Versuche.

EIN BABYLONISCHES HUHN trippelte auf ein paar ungebrannten, noch weichen Tonziegeln auf und ab. Seine Füße sanken in den Ton ein und hinterließen Zeichen. Die Ziegelsteine kamen zum Brennen, aber sie wurden nicht verwendet und blieben auf einem Haufen im Lager liegen. Mehr als dreitausend Jahre später fanden Archäologen, die Ausgrabungen machten, um die Ruinen von Babylon freizulegen, die Ziegelsteine mit den Abdrücken des Huhns. Sie stellten viele Untersuchungen an, und schließlich gelang es ihnen, jene Zeichen zu entziffern und in die modernen Sprachen zu übersetzen. So waren die Archäologen, dank jenes babylonischen Huhns, in der Lage, ein Stück Geschichte zu rekonstruieren, das andernfalls im Dunkeln geblieben wäre.

EIN ZIEMLICH EXTROVERTIERTES HUHN ging jedes Mal, wenn es kurz davor war, ein Ei zu legen, im Hühnerstall herum und sagte: »Ich bin schwanger!« Bevor es sich auf das Nest setzte, um das Ei zu legen, rief es: »Ich habe Wehen!« Eines Morgens erwarteten seine Mithühner es an der Tür des Hühnerstalls, und als es herauskam, umringten sie es und riefen: »Wöchnerin!«

–86–

EIN HUHNOLOGENHUHN behauptete nach eingehendem Studium der Problematik, Hühner seien keine Tiere und nicht einmal Vögel. »Und was sind sie dann?« fragten seine Mithühner. »Hühner sind Hühner«, antwortete das Huhnologenhuhn und ging kerzengerade davon.

IM HÜHNERHOF entzündete sich eine Diskussion an der Frage, was schöner sei, die Morgendämmerung oder die Abenddämmerung. Es bildete sich die Partei der Morgenhühner und die der Abendhühner. Im Lauf der Zeit vergaßen die einen die Morgendämmerung und die anderen die Abenddämmerung, übrig blieb nur der Haß der einen auf die andren.

EIN GAUKLERHUHN gab auf der Tenne eine Vorstellung, während der es Glasstücke und rostige Nägel verschluckte. Hinterher leckte es sich den Schnabel, um zu zeigen, wie sehr sie ihm schmeckten. Am Ende der Vorführung ging es herum, um Würmer und Maiskörner einzusammeln. Die Hühner gaben ihm aber nur Glasstücke und rostige Nägel, wo es sie doch so gerne fraß.

EIN HUHN BEHAUPTETE, ein Star sei ein Tier, ein anderes Huhn behauptete, ein Star sei eine Krankheit, und noch ein anderes Huhn behauptete, ein Star sei jemand, der berühmt sei. Mußte man vor dem Star Angst haben? Gemeinsam beschlossen sie, daß es besser sei, dem Star nicht zu trauen.

EIN ARISTOTELISCHES HUHN beschloß, die Katze vom wissenschaftlichen Standpunkt aus zu untersuchen. Es untersuchte den Schwanz, die Pfoten, die Krallen, die Ohren, die Nase, das Fell, sah sich jedoch in großen Schwierigkeiten, als es zu bestimmen galt, wozu die Barthaare dienten. »Der Schönheit«, sagte ein anderes, nichtaristotelisches Huhn. »Die Schönheit ist kein wissenschaftlicher Begriff«, antwortete das aristotelische Huhn und versuchte, der Katze die Barthaare auszureißen. Da biß die Katze ihm den Kamm ab, der zu nichts diente, vom wissenschaftlichen Standpunkt aus.

ALLE HÜHNER des Hofs versammelten sich, um das Problem der Seele zu diskutieren. Am Ende wurde eine Abstimmung durchgeführt, aus der hervorging, daß sämtliche Hühner eine Seele hätten, ungeachtet der Farbe ihrer Federn. Als die Gänse davon erfuhren, versammelten auch sie sich, um dieses Problem zu diskutieren. Gegenüber den Hühnern hatten sie den Vorteil, daß ihre Federn weiß waren.

NACHDEM DER HAHN an Lungenentzündung gestorben war, begann ein Huhn, sich die Federn auszureißen und wehzuklagen, als hätte der Hahn nur es allein geliebt. Die andern Hühner gaben ihm den Spitznamen »widerrechtliche Witwe« und drohten, es vom Kamm bis zu den Krallen zu rupfen, wenn es nicht mit dem Geplärre aufhöre.

NACHDEM FESTSTAND, daß auch die Hühner
eine Seele haben, beschlossen alle Hühner des
Hofs, es müsse auch das Paradies geben für alle,
die es verdienten. Ein Huhn, das nie zufrieden
war, fragte, ob es nicht vielleicht etwas Besseres
gäbe als das Paradies.

EIN SCHAMLOSES HUHN behauptete, es habe
die schönsten Beine des ganzen Hühnerhofs,
und zeigte sie bei jeder Gelegenheit. Eines Tages
sah es sich zufällig im Spiegel und war sehr be-
stürzt, denn es kam sich häßlich und lächerlich
vor. Es wollte sich verstecken, aber ein anderes
Huhn flüsterte ihm tröstend ins Ohr: »Und was
sollen da erst die Frauen sagen?«

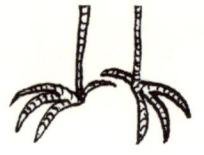

ALLE HÜHNER DES HOFS traten geschlossen in den Generalstreik, um gegen das Futter zu protestieren, das nach Teer stank. Sie versuchten, keine Eier mehr zu legen, aber trotz aller Anstrengungen legten sie doch welche. So scheiterte der Generalstreik, und sie mußten weiter das Futter fressen, das nach Teer stank.

EIN SEHR BETAGTES HUHN erzählte im Hühnerhof alte Märchen, in denen Feen, Hexen, Zauberer, Prinzen, Kobolde und Drachen vorkamen. So erfuhren die Hühner, daß die Drachen einen Kamm hatten. Weshalb ist dann aber in alten Märchen nie von Hühnern die Rede, wo sie doch auch einen Kamm haben wie die Drachen?

Ein Rabaukenhuhn amüsierte sich damit, die Kaninchen zu erschrecken und vor sich her zu scheuchen. »Schaut nur, wie sie rennen!«, rief es amüsiert. Da kam die Katze und scheuchte das Rabaukenhuhn, das einen großen Schrekken bekam und die Flucht ergriff. »Schaut nur, wie es rennt!«, rief die Katze amüsiert.

Ein verlaustes Junghuhn lief versehentlich in den Schweinestall, um sich zu lausen. Die Schweine versprachen dem verlausten Junghuhn verbindlich, den verlausten Hühnerstall zu entlausen. Vereint verfügten sie sich in den Hühnerstall und unter dem Vorwand, die Läuse zu verdrücken, verdrückten sie verhalten viele verlauste Junghühner.

EIN VERLOGENES Huhn klagte eines Morgens beim Aufstehen über starke Zahnschmerzen. Als man es darauf hinwies, daß Hühner keine Zähne haben, schämte es sich sehr und versteckte sich hinter der Hecke.

–100–

EIN ANTIKONFORMISTISCHES HUHN lief verdreckt, zerrauft und voller Läuse herum. Bald wurde es Mode, verdreckt und voller Läuse herumzulaufen. Daher beschloß das antikonformistische Huhn, sich die Federn zu glätten und sich sorgfältig zu entlausen. Als sämtliche Hühner des Hofs sich die Federn glätteten und sich entlausten, weil das die neue Mode war, zerraufte sich das antikonformistische Huhn von neuem die Federn und ließ die Läuse sprießen. Und es brüstete sich, auch Flöhe zu haben.

EIN VERRÜCKTES Huhn glaubte, es sei ein Weizenkorn. Wenn es ein anderes Huhn sah, rannte es davon, aus Angst, gefressen zu werden. Schließlich wurde das verrückte Huhn geheilt und sagte: »Ich bin kein Weizenkorn, ich bin ein Huhn.« Aber immer, wenn es ein anderes Huhn auf der Wiese traf, rannte es davon. »Warum rennst du davon?« fragten die andern. »Ich weiß, daß ich ein Huhn bin«, antwortete es, »aber das andere Huhn glaubt immer noch, daß ich ein Weizenkorn bin.«

EIN HUHN MIT ASTRONOMIEFIMMEL schlief während des Tages und blieb nachts wach, um am Himmel das Sternbild des Huhns zu suchen. Als es dieses endlich gefunden hatte, beobachtete es das Sternbild weiter, in der Hoffnung, es würde ein Ei legen.

ZWEI HÜHNER gingen in den Zoo und betrachteten voller Neugier all die seltsamen Tiere in den Käfigen. Am Ende schauten sie einander nachdenklich in die Augen und fragten sich, weshalb es eigentlich keinen Käfig gab mit Hühnern drin. »Soll das vielleicht heißen«, sagten die beiden zueinander, »daß Hühner keine Tiere sind?«

EIN HUHN AUS LYON lief bis nach Paris und dort in den Louvre, wo es sich unter die Menge mischte. Den Hinweisschildern folgend, begab es sich sogleich in den Saal, wo die Mona Lisa hing. Lange Zeit verharrte es vor dem Gemälde, verzaubert vom rätselhaften Lächeln dieser Dame. Seit jenem Tag verbrachte das Huhn aus Lyon Stunden um Stunden vor dem Spiegel und versuchte erfolglos, das Lächeln der Mona Lisa nachzuahmen.

EIN PARISER HUHN wollte auf den Eiffelturm steigen. Mühsam kletterte es Stufe um Stufe empor und erreichte schließlich die höchste Plattform. Von dort schaute es hinunter und erblickte Paläste, Monumente und Gärten, die sich in weitem Umkreis erstreckten. »Was mag das für eine Stadt sein«, fragte sich das Pariser Huhn, dem der Schnabel vor Staunen offenstand. Eilig hüpfte es die Treppen hinunter, um den Wächter nach dem Namen der Stadt zu fragen, die man von der höchsten Plattform des Eiffelturms aus sehen konnte.

EIN HUHN AUS MINNESOTA hatte gehört, daß Wolkenkratzer Schwindel verursachen. Eines Tages machte es eine Reise nach New York, aber es lief stets mit gesenkten Augen durch die Straßen, weil es fürchtete, ihm könnte schwindlig werden. So kehrte es nach Hause zurück, ohne die Wolkenkratzer gesehen zu haben. »Um so schlimmer für sie«, dachte es bei sich auf der Rückfahrt.

–107–

EIN FRECHES HUHN äffte immer die jungen
Gänse nach, quak-quak-quak. Eines Tages
packten die Gänse es am Schwanz und warfen
es ins Wasser. Das Huhn bekam einen gewaltigen Schreck und begann zu schreien: »Ich
ertrinke! Ich ertrinke!« Aber die Gänse sagten:
»Wenn du quak-quak machst, dann mußt du
auch schwimmen können.« Am Ende zogen sie
es aber ans rettende Ufer, und seither hat das
freche Huhn die Gänse nie wieder nachgeäfft.

–108–

EIN HUHN AUS VIBO VALENTIA wollte die
Philosophie Wittgensteins studieren, bekam
davon jedoch heftige Kopfschmerzen. So versuchte es Whitehead, aber auch davon bekam
es Kopfschmerzen. Es versuchte noch Weisse
und Wolff und Wahl und Wundt, aber es wurde
immer schlimmer. Eines Tages schlug es zufällig ein Buch von Wodehouse auf und las viele
Seiten ohne den geringsten Schmerz. Von da an
entschied es sich für Wodehouse als Lieblings-
philosophen.

–109–

Ein perverses Huhn hatte die mythologi-
sche Geschichte von Kronos gelesen, der seine
neugeborenen Kinder verschlang. Während
seine Mithühner auf den Wiesen nach Körnern
und Würmern suchten, nahm es das Ei, das es
gerade gelegt hatte, kochte es weich und fraß es
mit Genuß, mitsamt der Schale, zur großen Em-
pörung des ganzen Hühnerhofs.

–110–

Ein amerikanophiles Huhn trank Coca-
Cola und tat dann, als sei es betrunken, indem
es gegen die Wände torkelte. Die anderen Hühner merkten bald, daß man es bezahlte, um
glauben zu machen, dieses Getränk sei besser
als Wein. Eines Tages umringten sie es und riefen: »Söldling!« Da versteckte sich das amerika-
nophile Huhn aus Scham hinter der Hecke.

–111–

Ein sehr frommes Huhn wollte heilig werden, aber es wußte nicht, wie es das anstellen

sollte. Schließlich flocht es einen kleinen Ring aus goldgelben Weidenruten und setzte ihn sich auf den Kopf wie einen Heiligenschein. Es war so überzeugt davon, heilig geworden zu sein, daß es sogar Wunder wirkte.

–112–

EIN KALABRESISCHES HUHN beschloß, Mitglied der Mafia zu werden. Es ging zu einem Mafia-Minister, um ein Empfehlungsschreiben zu bekommen, aber dieser sagte ihm, die Mafia existiere nicht. Es ging zu einem Mafia-Richter, aber auch dieser sagte ihm, die Mafia existiere nicht. Schließlich ging es zu einem Mafia-Bürgermeister, und auch dieser sagte ihm, die Mafia existiere nicht. So kehrte das Huhn in den Hühnerhof zurück, und auf die Fragen seiner Mithühner antwortete es, die Mafia existiere nicht. Da dachten alle Hühner, es sei ein Mitglied der Mafia geworden, und fürchteten sich vor ihm.

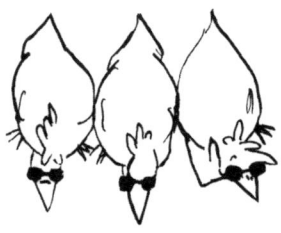

EIN HUHN AUS SEVILLA hatte beschlossen, eine Berühmtheit im Gitarrespiel zu werden, aber es konnte sich nicht entscheiden, ob es zum Zupfen der Saiten den Schnabel oder die Krallen benutzen sollte. Diese Unentschlossenheit war verheerend für seine Karriere, und so gelang es dem Huhn aus Sevilla nie, eine Berühmtheit im Gitarrespiel zu werden.

EIN HUHN MIT EINER VORLIEBE für Autos mit Metallic-Lack ging zu einem Karosseriemechaniker, um sich mit Metallic-Lack versehen zu lassen. Der Karosseriemechaniker besprühte seine Flügel und seinen Schwanz mit Lack, und das Metallic-Huhn lebte fortan glücklich und zufrieden. Nur bei Karosseriereparaturen war es manchmal in Schwierigkeiten, weil es nicht einfach war, den gleichen Lack mit der gleichen Farbe zu finden.

EIN HUHN NAMENS NATALIA hatte beschlossen, einen Roman zu schreiben, aber ihm fielen weder die Handlung noch die Personen, noch der Titel, noch der Schreibstil ein. So kam es, daß dieses unschlüssige Huhn statt dessen seine Kindheitserinnerungen aufschrieb und großen Erfolg bei den Gänsen hatte.

EINES TAGES hörten die Hühner vom Hühnerstall aus einen Esel schreien. Nie zuvor hatten die Hühner einen derartigen Laut gehört. Eines behauptete, es müsse sich um einen Löwen handeln. Ein anderes ging zur Tür des Hühnerstalls, und da es noch nie einen Esel gesehen hatte, verkündete es seinen Mithühnern, es handle sich in der Tat um einen Löwen. Als der Esel erfuhr, daß man ihn für einen Löwen gehalten hatte, machte er große Freudensprünge.

Ein Huhn, das Leberschmerzen hatte, beschloß, sich mit homöopathischen Mitteln zu
kurieren. Als es erfuhr, daß diese Medizin keine
Medikamente enthalte, wollte es die Behand-
lung noch verbessern, und statt die Pillen hin-
unterzuschlucken, machte es nur die entspre-
chende Geste. Die Leberschmerzen wurden immer schlimmer, und am Ende mußte es sich in
Baden-Baden behandeln lassen.

Ein analphabetisches Huhn setzte sich
mit einem Stück Zeitung mitten in den Hühnerhof und tat, als würde es lesen. »Was passiert
in der Welt?« fragten seine Mithühner. Um
keinen Fehler zu machen, erklärte das analpha-
betische Huhn, es passiere nie etwas. Bis ihm
eines Tages ein ungeduldiges Huhn einen so
heftigen Tritt versetzte, daß es über die ganze
Wiese kollerte und dann sagte: »Jetzt ist was
passiert, mal sehen, ob es die Zeitung diesmal
bringt.«

EIN MITTELALTERLICHES HUHN wurde an Bord eines venezianischen Schiffes verladen, das zum ersten Kreuzzug auslief. Es glaubte, es würde an der Seite der Kreuzfahrer unter den Mauern Jerusalems für die Eroberung des Heiligen Grabes kämpfen, kurz, es meinte, es sei für die christliche Armee rekrutiert worden. Als es merkte, daß man es nur deshalb an Bord genommen hatte, um seine Eier zu essen, war es sehr gekränkt, und bei der Ankunft in Jerusalem lief es sogleich zu den Ungläubigen über.

EIN HASENFÜSSIGES HUHN spazierte in der Augustsonne gedankenversunken an einer Mauer entlang. Auf einmal wandte es den Blick, und da schien ihm, als hätte sein Schatten die Form eines Fuchses angenommen. Es rannte davon, so schnell es konnte, und seit jenem Tag wollte das hasenfüßige Huhn nichts mehr wissen von irgendwelchen Spaziergängen in der Augustsonne, irgendwelche Mauern entlang.

EIN SEHR EITLES HUHN nahm an einem Schönheitswettbewerb teil, aber es fiel durch. Verschämt kehrte es in den Hühnerhof zurück, und auf die Fragen seiner Mithühner antwortete es, man habe es aus politischen Gründen durchfallen lassen. Als es aber gefragt wurde, welcher Partei es angehöre, wußte es nichts zu sagen.

EIN ÄNGSTLICHES HUHN sah ein Hemd, das zum Trocknen aufgehängt war, und hielt es für ein Gespenst. Es lief zu seinen Mithühnern und erzählte, Gespenster hätten Arme, aber keine Beine. Am nächsten Tag sah es ein Paar Hosen, die zum Trocknen aufgehängt waren. Da lief es zu seinen Mithühnern, um ihnen zu berichten, Gespenster liefen in Stücken herum, die Arme hier und die Beine dort.

–123–

ALS DIE HÜHNER DES HOFS gefragt wurden, welches ihr größter Wunsch sei, antwortete eines, es würde gerne einen Wurm finden, der einen Kilometer lang wäre, ein anderes sagte, es würde mit seinem Gegacker gerne im Fernsehen auftreten, und noch ein anderes, es würde gern den Fuchs in einer Falle finden und ihm die Nase zerhacken. Das zuletzt befragte Huhn antwortete, es würde gerne an Altersschwäche sterben.

–124–

EIN SCHWEIZER HUHN hatte gehört, daß man mit Spekulationen an der Börse viel Geld verdienen könne. Eines Tages schlüpfte es in die Börse eines Kaufmanns und nahm den Kopf zwischen die Krallen, um zu sehen, ob es ihm durch intensives Spekulieren gelingen würde, reich zu werden. Statt dessen landete es erst im Haus und dann im Kochtopf des Kaufmanns.

EIN UNGLÜCKLICHES HUHN hatte beschlossen, sich umzubringen. Es warf sich vom Dach hinunter, aber es tat sich nichts. Es warf sich ins Wasser, aber es ging nicht unter. Ein befreundetes Huhn riet ihm, doch in den Fuchsbau zu gehen, aber das unglückliche Huhn antwortete, es würde alles tun, sogar darauf verzichten zu sterben, nur um diesem verhaßten Tier keinen Gefallen zu tun.

EIN EXHIBITIONISTISCHES HUHN hatte beschlossen, Drogen zu nehmen, und ging aufs Feld, wo es sich mit Hanfsamen vollstopfte. Dann streckte es sich in der Sonne aus und wartete auf die Halluzinationen. Es wartete eine Stunde, zwei Stunden, drei Stunden. Statt der Halluzinationen kamen das Dunkel und die Kälte der Nacht.

EIN SEHR EHRGEIZIGES HUHN wollte eine unauslöschliche Spur hinterlassen wie die großen Gestalten der Geschichte. Es mischte Zement, und während er noch weich war, tauchte es einen Fuß hinein, um eine Spur zu hinterlassen. Der Zement wurde hart, und das Huhn blieb gefangen.

EINES TAGES HÖRTE EIN HUHN, wie ein Mann zu einem anderen Mann sagte: »Besser, du hälst den Schnabel!« Das Huhn kehrte in den Hühnerhof zurück und berichtete seinen staunenden Mithühnern, was es gehört hatte. Seit jenem Tag hatten die Hühner ein wachsames Auge auf den Mann, um herauszufinden, wo er den Schnabel hatte, aber ohne Erfolg. Am Ende dachten sie, daß er ihn versteckt hielt, weil er sich schämte, und waren sehr gekränkt.

EIN ETWAS KURZSICHTIGES HUHN verschluckte eines Tages ein Stück Eisendraht, im Glauben, es sei ein Wurm. Eine Woche lang hatte es furchtbare Magenschmerzen, und als es ihm schließlich gelang, sich von dem Draht zu befreien, schwor es, in seinem Leben nie wieder einen Wurm zu fressen. Wenn es einen sah, wurde ihm übel, es mußte sich abwenden und den Wurm seinen Mithühnern überlassen, die einen besseren Magen hatten.

EIN MITTELALTERLICHES HUHN hatte beschlossen, seine Seele dem Teufel zu verkaufen. Es suchte ihn überall und fand ihn schließlich eines Tages in einem Garten, wo er gerade Sellerie stahl. Es schlug ihm vor, ihm seine Seele gegen eine Handvoll Gerste zu überlassen, aber der Teufel lachte ihm in den Schnabel. So kam es, daß jenes mittelalterliche Huhn entdeckte, daß es keine Seele hatte.

–131–

Ein etwas gedankenloses Huhn behauptete, es spüre eine große Leere im Kopf, genau an der Stelle, wo sich gewöhnlich das Gehirn befinde. »Ich fürchte, daß ich kein Gehirn habe«, sagte das arme Huhn weinend, »denn wenn ich eins hätte, würde ich es doch spüren.« Aber die anderen Hühner beruhigten es, indem sie ihm versicherten, auch sie spürten ihr Gehirn nicht.

–132–

Ein postmodernes Huhn wollte den Hühnerstall mit elektrischem Licht beleuchten. Es steckte seine Krallen in die Steckdose und dachte, es würde nun leuchten wie eine Glühbirne. Statt dessen holte es sich einen Schlag und verglühte. Das passiert auch den Glühbirnen, bemerkten seine Mithühner resigniert.

EINES SCHÖNEN TAGES wurde einem Huhn aus Peking klar, daß es eine Pekinesin sei. Es band sich sofort eine Schleife ans Bein, um nicht mit den gleichnamigen Hunden verwechselt zu werden.

EIN GEOGRAPHENHUHN suchte seinen Hühnerstall auf dem Globus. Als es ihm nicht gelang, ihn zu finden, ließ es den Globus vor Wut in den Abgrund rollen und in tausend Stücke zerspringen. Da rief das enttäuschte Huhn: »Jetzt geht die Welt unter!«

NACH EINER CHINAREISE merkte ein Huhn aus Orvieto, als es mit schmutzigen Füßen über ein weißes Blatt spazierte, es könne chinesisch schreiben. »Ich weiß gar nicht, warum die Leute immer sagen, Chinesisch sei so schwer.«

Ein Huhn multipliziert mit einem Huhn er-
gibt ein Huhn: vorher waren es zwei, und jetzt
ist nur noch eins davon da. Wo ist das andere
geblieben?« Das Huhn beschloß, sich nie mehr
multiplizieren zu lassen, weil durch diese ganze
Multipliziererei der Hühnerstall in Gefahr war,
bald leer zu sein.

Eine Gruppe von ökologischen Hühnern
beschloß, jenes Huhn zu verbannen, das goldene
Eier legte, weil Gold nicht biologisch abbaubar
sei.

Ein gefallsüchtiges Huhn betrachtete
sich im Spiegel und war höchst befriedigt. Es
holte seine Mithühner vor den Spiegel, damit sie
sein Porträt bewunderten. Sie waren ziemlich
verblüfft, weil sie fanden, dieses Huhn sähe
ihnen allen viel zu ähnlich.

EIN ITALIENISCHES HUHN, das sich sehr europäisch fühlte, wollte sich ins Deutsche übersetzen lassen. Als es erfuhr, daß das Huhn im Deutschen »Huhn« hieß, war es enttäuscht über dieses kurze Wort, noch dazu mit zwei H's. Es ließ sich sofort ins Italienische zurückübersetzen.

VOR LAUTER BETEUERN, ich bin eine Chinesin, ich bin eine Chinesin, bemerkte ein Huhn aus Borgotaro beim Blick in den Spiegel, es habe Mandelaugen. »Eigentlich«, sagte es, »mag ich lieber Sonnenblumenkerne als Mandeln.«

DIE HÜHNER erfuhren eines Tages, der Dichter Charles Baudelaire habe gesagt, auf dem Land, das ist der Ort, wo die Hühner roh herumlaufen. Ein Huhn sagte darauf trotzig, in der Stadt, das ist der Ort, wo die Dichter ausgekocht herumlaufen.

Ein Mailänder Huhn beschloß, auf der
Autobahn nach Rom zu wandern, in der Hoffnung, für ein Auto gehalten zu werden. Es war
sehr ärgerlich, als es in der Höhe der Stadt Pieve
von der Polizei angehalten wurde, weil es ohne
Blinkzeichen überholt hatte.

Ein Spatz stellte sich von Zeit zu Zeit vor den
Hühnerstall und verspottete die Hühner, weil
sie, wie er sagte, nicht fliegen könnten. Ein
mutiges Huhn begab sich zum Rand eines Ab-
grunds und vollführte einen tadellosen Flug bis
in die Ebene hinunter. Den Rückweg mußte es
allerdings zu Fuß antreten, da es gemerkt hatte,
daß es nur abwärts fliegen konnte.

−144−

ALS DIE HÜHNER ENTDECKTEN, daß sie in der ganzen Bibel nirgends erwähnt werden, nicht einmal dort, wo von der Arche Noah die Rede ist, sagten sie alle einmütig, »Gott ist ein großer Schussel.«

−145−

EIN RENNRADHUHN machte von früh bis spät Tretbewegungen. Seinen Mithühnern sagte es, es fahre Rad. »Und wo ist das Rad?« fragten sie. »Habt ihr noch nie was von ›virtueller Realität‹ gehört? Meines ist eben ein virtuelles Rad«, antwortete das Rennradhuhn.

−146−

EIN PENSIONIERTES HUHN erfuhr von einem Spiel »Rubbeln und gewinnen!« und begann sofort alles abzurubbeln, was ihm unter die Krallen kam. Es gewann nichts und beschloß, die Staatliche Münze, die gesagt hatte »Rubbeln und gewinnen Sie«, umgehend zu verklagen.

EIN HUHN, das alte Märchen erforschte, erzählte seinen Mithühnern, alle Märchen, die es
bis jetzt gelesen hätte, endeten auf die gleiche
Weise: »Und wenn sie nicht gestorben sind,
dann leben sie noch heute.« Da gingen sie alle
zusammen zu dem Autor eines Buchs mit dem
Titel *Die nachdenklichen Hühner* und baten ihn,
ein geeignetes Ende für alle künftigen Hühner-
märchen zu finden. Der Autor wurde nachdenklich und sagte dann: »Und wenn sie immer
einen Bogen um die Kochtöpfe gemacht haben,
dann leben sie noch heute.«

EIN ETWAS VERWIRRTES HUHN konnte das
italienische Wort *riso* (Reis) nicht vom italienischen Wort *riso* (Lachen) unterscheiden. Als
man ihm sagte, daß die beiden Wörter gänzlich
gleich seien, hörte es auf zu lachen aus Angst,
für ein Reiskorn gehalten und von einem ähnlich verwirrten Huhn gefressen zu werden.

ALS ES VOM NÄCHSTEN JAHRTAUSEND reden
hörte, beschloß ein aristotelisches Huhn tausend Steinchen in eine Reihe zu legen, um zu
sehen, wie lang es sein würde, doch als das
Huhn an einem gewissen Punkt angelangt war,
fiel ihm ein, daß es nicht zählen konnte.

EIN EITLES HUHN verlangte, daß sein Foto im
Playboykalender mitten zwischen all den
nackten Mädchen erscheinen sollte. Man
erklärte ihm, daß Nacktheit Bedingung sei und
daß es nicht auf dem Kalender erscheinen
könne, weil es Federn trüge.

EIN GRUNDSCHULHUHN konnte keine 8
schreiben und geriet deshalb öfter in Verlegen-
heit. Es setzte zwei Nullen nebeneinander, aber
man sagte ihm, daß das Zeichen ∞ keine 8
sondern Mehl aus feinstgemahlenem Korn
bedeute. Fein, dieses feinstgemahlene Korn,
krähte das Huhn.

EIN HUHN AUS VITERBO, das täglich die »Repubblica« las und vor Neid auf die in der Zeitung erwähnten Millionen platzte, begann an dem Wort »Millionen« zu picken; es hoffte, Millionär zu werden.

EIN RÖMISCHES HUHN begab sich täglich zum Flughafen Fiumicino, um herauszufinden, wie die Flugzeuge es fertigbrachten zu fliegen. Ganz einfach: sie rissen sich vorher die Federn aus den Flügeln! Es riß sich nun auch die Federn aus den Flügeln und kletterte zum höchsten Punkt des Kolosseums hinauf, um von dort aus hinunterzusegeln. Entweder es haut hin oder es zerhaut mich, sagte sich das Huhn. Es sprang und zerbarst auf dem Asphalt.

−154−

ALS ES ERFUHR, daß wegen des Ozonlochs die Gletscher schmelzen und die Inseln Mauritius und die Seychellen in Kürze überschwemmt würden, kaufte ein Ferienhuhn sich Stiefel, weil es von nun an nur noch in die Berge gehen wollte.

−155−

EIN RENNHUHN begab sich auf die Piste von Monza, um am Start der Formel Eins teilzunehmen. Als es die Autos mit zweihundert Stundenkilometern vorbeiflitzen sah, zog es sich gekränkt zurück. »Kunststück!« rief es, »Die haben ja Räder!«

LUIGI MALERBA, geboren 1927 in Berceto
bei Parma, Mitbegründer der Gruppe 63, lebte
in Rom und Orvieto. Er starb 2008 in Rom.

Luigi Malerba bei Wagenbach

Das griechische Feuer
Roman

Malerbas erfolgreicher Roman spielt zur Blütezeit von Byzanz. Er handelt von der Macht und ihren Intrigen, einer männersüchtigen Kaiserin und einer Geheimwaffe, die »über das Wasser laufen« kann.

Aus dem Italienischen von Iris Schnebel-Kaschnitz
WAT 437. 216 Seiten

Die fliegenden Steine
Roman

Über die Suche nach dem Vater, das versteinerte Leben und die Magie der Zeit.

Aus dem Italienischen von Moshe Kahn
Quartbuch. Gebunden. Leinen. 240 Seiten

Die nackten Masken
Roman

Spiele der Macht und Leidenschaft in Rom: Nach dem Tode Leo X. wird ein asketischer Flame zum Nachfolger. Die freizügige, lebenslustige römische Gesellschaft stürzt ins Chaos. Dieser historische Roman hat Malerba in Deutschland bekannt gemacht.

Aus dem Italienischen von Iris Schnebel-Kaschnitz
WAT 656. 288 Seiten

Elianes Glanz
Roman

Was tun, wenn man in einer Flughafenbar in Zürich die Liebe seines Lebens kennenlernt, die auch nach Paris fliegt, nur leider in einer anderen Maschine?
Marcello macht sich auf die Suche nach der Traumfrau Eliane und trifft sie tatsächlich wieder, im Louvre. Zufall?
Oder geschickte Planung von zarter Frauenhand?

Aus dem Italienischen von Moshe Kahn
Quartbuch. Gebunden. 192 Seiten

Pataffio
Roman

Pataffio ist Malerbas heiterstes Buch. Es erzählt von
vertrauten Gewohnheiten in alten Zeiten: dem Hunger
und dem Fressen, der Anarchie und dem Gottvertrauen,
der Lust und der Moral.

Aus dem Italienischen von Moshe Kahn
WAT 548. 240 Seiten

Römische Gespenster
Roman

Ein großer Eheroman über unausgesprochene Gefühle,
subtile Beziehungskämpfe, Liebe und Lebensweisheit.
Dabei hat alles mit einem Witz begonnen.
Clarissa kommt ihrem Mann auf die Schliche, weil sie
aus dem Mund einer anderen einen Witz hört, den sie
sofort wiedererkennt. Was tun? Die kluge Clarissa
wartet erst einmal ab und schreitet dann zur Rache.

Aus dem Italienischen von Iris Schnebel-Kaschnitz
Quartbuch. Gebunden mit Schutzumschlag. 240 Seiten

(Mit Tonino Guerra) Von dreien, die auszogen, sich den Bauch zu füllen *Roman*

Drei Gauner ziehen im Jahr 1000 durch Italien, treffen
auf Mönche, Frauen und wilde Tiere, entkommen der
Pest und dem Scheiterhaufen. Ein Schelmenroman,
auch für fortschrittliche Geschöpfe im 21. Jahrhundert.

Aus dem Italienischen von Moshe Kahn
SVLTO. Rotes Leinen. Fadengeheftet. 192 Seiten

Wenn Sie mehr über den Verlag und seine Bücher wissen
möchten, schreiben Sie uns eine Postkarte oder elektronische
Nachricht (mit Anschrift und E- Mail). Wir informieren Sie dann
regelmäßig über unser Programm und unsere Veranstaltungen.
Verlag Klaus Wagenbach   Emser Straße 40/41   10719 Berlin
www.wagenbach.de   vertrieb@wagenbach.de

Die nachdenklichen Hühner
erschien im März 1995 als 50. *SVLTO* und wurde 2009,
versehen mit neuen Illustrationen und ergänzt um weitere
Hühner, als 164. *SVLTO* neu aufgelegt.

Die italienische Originalausgabe dieses Buches wurde
unter dem Titel *Le galline pensierose* von Giulio Einaudi,
Turin, veröffentlicht, die erweiterte Ausgabe von
Arnoldo Mondadori, Mailand.
Das 1. bis 131. Huhn wurden von Elke Wehr übersetzt,
die folgenden von Iris Schnebel-Kaschnitz.

3. Auflage 2019

© 1980 Giulio Einaudi editore S.p.A., Turin
© 1994 Arnoldo Mondadori editore S.p.A., Milano
© 1984, 1995, 2009 Verlag Klaus Wagenbach,
Emser Straße 40/41, 10719 Berlin

Umschlaggestaltung Julie August unter Verwendung einer
Zeichnung von Lena Ellermann. Gesetzt aus der Berkeley.
Vorsatzmaterial von peyer graphic gmbH, Leonberg,
Leinen von Gebr. Schabert, Strullendorf.
Gedruckt auf Schleipen bei Kösel, Krugzell.
Printed in Germany. Alle Rechte vorbehalten.

ISBN 978 3 8031 1263 7